MÁS QUE REAL

©: Salvador Bayarri Romar, 2024.
©: Premium Editorial, 2024.
www.editorialpremium.es

Edición: Premium Editorial.
Diseño cubierta: Premium Editorial.

I.S.B.N.: 978-84-128114-1-4
Depósito Legal: SE-3-2024
Impreso en Andalucía (España).

MAS QUE REAL

Salvador Bayarri

Termina la jornada de trabajo. Una como otra cualquiera. Mi rendimiento: cinco por ciento por encima de la clasificación promedio. A pesar de ello, no estoy satisfecha. El ritmo de la mañana me había dado esperanzas de superar mi marca personal, pero a mitad de la tarde he caído en el desaliento. Últimamente, las ruedecillas de mi cabeza parecen moverse dentro de un fluido denso y viscoso.

La supervisora me sorprende a punto de recoger.

—Muy bien, Ana. Me alegro de que sigas cumpliendo los objetivos.

Aunque intenta motivarme, su forzada delicadeza no consigue que me sienta útil. Tengo la intuición de que, en realidad, me cree una estúpida.

—Es una proyección suya, Ana —dice el doctor Forsten—. Una interpretación de su mente.

—¿No será que mi véritas funciona mal? —replico.

—Lo creo improbable. ¿Percibe algún estímulo ambiental negativo?

—Nada específico. No siento ninguna amenaza.

—Por tanto, querida, se trata de su fértil imaginación —insiste el doctor, afable como siempre—. En ocasiones compensamos la ausencia de sufrimiento con un desasosiego interior —señala su rala cabeza—. En el tejido profundo del córtex, allí donde el véritas no alcanza, aparece la inquietud subconsciente.

—¿Entonces? ¿No debería desconectar los filtros para sentir…?

El rostro de Forsten se contrae con rechazo.

—No lo aconsejo, querida. Las experiencias desagradables le dejarían una huella psíquica y la garantía del véritas quedaría invalidada. —Se rasca la barbilla—. ¿Ha probado a cambiar de canal, a experimentar con otro paquete de suscripciones?

Aparte del filtro básico que incluye al doctor Forsten, solo dispongo de la versión beta del canal recreativo, la más barata, y el canal ocupacional para clasificadoras de nivel dos, claro. Tuve que renunciar al de periodista viajera cuando subieron la cuota.

—Estoy ahorrando para la subscripción de expendedora a domicilio —explico—. El trabajo físico me vendría bien, moverme más, en lugar de estar todo el día en la oficina.

Adivino lo que va a decir.

—La elección de canales es su derecho inalienable. No obstante, dado su estado físico, sería necesaria una garantía médica adicional.

—No soy fuerte, lo sé. Hay cosas que el véritas no puede cambiar.

—Pero no se desanime, Ana. Es una situación que se da con frecuencia y disponemos de técnicas para afrontarla.

Aferrada a la tibia esperanza, me reprocho mi debilidad. ¿Por qué no puedo disfrutar de lo bueno como el resto de la gente? Mi véritas no es distinto al suyo. Todos parecen felices, orgullosos de sus trabajos, de sus vidas. ¿Es solo una apariencia?

—Debe aprovechar el potencial de su interior —subraya Forsten—, la rica creatividad que posee. Dele un buen uso. No se conforme con las opciones por defecto. Lleve a cabo las fantasías que le brinda su imaginación. Pierda el miedo de lanzarse a lo desconocido. El véritas la protegerá.

* * *

Yen está ya en casa, dando zancadas por la cocina, como si bailara. Se pasa horas entre los fogones, conectada al canal gastronómico.

—Tendrías que suscribirte tú también —protesta cuando pruebo el pato hidrolizado—. Te pierdes los matices significantes y los aromas antinormativos.

—Aun así, está rico.

—Pues claro. —Sus ojos miran hacia el techo con desdén—. Incluso un filtro tan burdo como el tuyo reprocesa los sabores. Lo comerías aunque se tratara de basura podrida.

Sus recriminaciones me sobresaltan por un instante. Luego me relajo al ver su rostro, pacífico y divertido. Está bromeando, por supuesto.

—Me gustan estas irisaciones doradas. —Señalo la patata caramelizada.

—Con la opción sinestésica notarías el torbellino de texturas oculto en los colores. —Yen entorna los ojos para recrearse en las sensaciones—. Ahora prueba el vino.

Pronto estamos achispados. No me desagrada. El alcohol aligera mis ruedecitas mentales. Las palabras del doctor Forsten regresan a mi mente. Debo dar rienda suelta a mis fantasías. Cuando Yen se recuesta en el sofá, me inclino para buscar su contacto. La respuesta no se hace esperar. Sus manos acarician mis pechos. Sabe lo que me gusta.

—¿Recuerdas aquella vez en la casa de campo? —pregunto cuando nuestras bocas se separan.

—¿Casa de campo? —Parpadea—. Ah, en la cabaña. Han pasado muchos años.

—¿Te gustaría hacerlo como entonces?

Su cuerpo se torna rígido.

—Éramos jóvenes. Hicimos algunas locuras.

—Por eso. Tenemos que recuperar esos momentos.

Hacer el amor sin el véritas, dos personas con sus cinco sentidos, sin intermediarios.

—Creo que he olvidado mis palabras mágicas—confiesa Yen.

—No te preocupes. Las tengo apuntadas.

Lo compartimos todo. Al menos, lo hacíamos.

—Piénsalo —titubea—. Nos veríamos tal como somos ahora. Podría ser desagradable. Nuestros cuerpos habrán cambiado.

—No me importa. Será auténtico, cariño —le tranquilizo.

—Lo sé. Pero hemos evolucionado. La realidad ha cambiado, Ana —dice la imagen de Yen con ternura—. No debemos mirar hacia atrás. Nos volveríamos como ese ermitaño.

—¿Qué ermitaño?

—Un tipo que salió en el canal de curiosidades. Ha vivido más años que la mismísima Ventres Agharda, y… Escucha esto. Ese hombre jamás ha tenido un véritas. Es un anciano que lleva una vida primitiva en las montañas, completamente solo.

Pobre Yen. Tiene miedo de la vejez y la soledad, igual que todo el mundo. Cojo su mano para reconfortarla.

—Yo te quiero tal como eres. No me importa si has cambiado.

Nuestros labios se unen con besos cada vez más profundos. Yen tiene razón. ¿Por qué volver atrás si los filtros nos permiten explorar otras fantasías? Siguiendo mis deseos, su torso se transforma y sus pechos se vuelven enormes, con pezones que llenan mi boca. Las nalgas duras y peludas resisten con fuerza el apretón de mis manos mientras sus brazos, finos y suaves, se extienden como serpientes juguetonas entre mi carne. Nos fundimos y degustamos con avidez los dulces jugos que exudan nuestros genitales.

Este placer desbordante sería imposible sin el véritas.

* * *

Olvido enseguida las pesadillas nocturnas. Se difuminan con la luz de la ventana. Al incorporarme, noto la resaca en las sienes. ¿Qué sucedió anoche? Hice caso al doctor y propuse una fantasía a Yen. Seguramente no funcionó como esperábamos. El alcohol ha borrado los detalles.

Tras un desayuno somero, lanzo un beso a mi pareja dormida y me descuelgo hasta el colectivo. Las caras de la multitud no me dicen nada, absortas en imágenes que no puedo ver. Activo el canal de entretenimiento y busco algo de música. Lamentablemente, la suscripción beta no me permite evitar los anuncios.

—¿Cómo va todo, *Ana*? ¿No tienes tiempo para viajar con tu empleo de *clasificadora nivel dos*? ¿Cansada de las mismas vistas en el trayecto hacia *Estación Sur Tres*? ¡Prueba el Canal Paisajes! Veinticuatro horas de emoción ininterrumpida. Recorridos por la selva amazónica antes del Último Gran Incendio, rutas en las últimas nieves del Himalaya y paseos por los bazares de Medio Oriente. Tu apartamento en *Calle de la Rosa 7* se convertirá en una villa romana con accesorios certificados y la opción de…

El anunciante me ha leído la mente. Pensaba en lo anodino de mi recorrido diario por los suburbios. Es lo que necesito: salir, visitar algún sitio alejado de esta insípida ciudad. Pero no puedo gastar ni un crédito más. El doctor sugirió que utilizara mi imaginación. ¿Cómo?

El concierto de Corelli me abstrae durante unos minutos hasta que la voz chirriante ataca de nuevo.

—¿*Ana*, eres aficionada a la *música clásica*? ¡Tienes la oportunidad de demostrarlo y ganar *la fantasía* de tus sueños! ¡Cualquier cosa que imagines se hará realidad durante un día completo! ¡Totalmente gratuito! Concurso patrocinado por Verimáster, el mayor proveedor de simulcanales y filtros compatibles con todas las generaciones de véritas. ¡Inscríbete ya en el Fantástico Día Verimáster, sin coste alguno!

Sentía que el presentador hablaba conmigo. Su tono atiplado era idéntico al del doctor Forsten. «Revela al mundo la fantasía que llevas dentro, querida», repite su voz.

Desciendo del colectivo en Sur Tres, aún hipnotizada por el anuncio.

Nunca he ganado un concurso. Tampoco he participado en ninguno. Haría el ridículo. Mis conocimientos de música clásica son superficiales, retazos que he escuchado aquí y allá. Otros participantes sabrán mucho más, o tendrán implantes enciclopédicos.

Por otra parte, vivir una fantasía de mi elección es tentador. ¿Qué escogería?

Lo primero sería escapar de mi trabajo, que no es precisamente un reino mágico. Esta mañana Fian y Débora exhiben con orgullo sus nuevas apariencias. Él viste un halo flamígero que cambia con sus movimientos. Débora contraataca con una estridente corona cuyos picos susurrantes se bambolean con reflejos dorados. No entiendo por qué pagan por hacer el ridículo con esos disfraces. Si tuviera crédito, compraría un filtro para bloquear estos estímulos antiestéticos.

—Los filtros de bloqueo no son tan caros —dice Yen cuando planteo el asunto.

—Es una cuestión de principios. No deberían obligarme a ver sus mierdas. Es ofensivo.

Hoy mi tarea de clasificación consiste en asignar etiquetas a segmentos de vídeos callejeros. La lista de términos incluye: «encuentro casual», «encuentro planificado», «choque accidental», «comportamiento errático o intoxicado», «discusión», «robo», «asalto violento», «asesinato» u «otro a especificar».

Imagino que las IAs combinan los resultados de los clasificadores para aprender sus tareas de reconocimiento. ¿Por qué tienen que detectar asaltos y asesinatos? Hace años que no existen esos crímenes.

Introduzco la cabeza en el visor. Cuando aparece la primera imagen, susurro mis palabras mágicas: «Más vale la pena en el rostro que la mancha en el corazón». Un instante después, los filtros del véritas se desconectan. El trabajo de los clasificadores requiere percibir imágenes sin filtrar. En teoría podría ahora romper el sello de mi visor y ver el mundo tal como es, descubrir cómo soy sin las capas de adaptación del implante. También sería posible espiar a mis compañeros, observar su apariencia real tras las suscripciones que les permiten modelarse a placer. Tal conducta supondría mi despido, el fin de mi carrera y una larga condena social.

Así que me concentro en clasificar las escenas que presenta la pantalla, mi única ventana al mundo en las próximas horas. Resulta difícil. No dejo de pensar en el concurso. ¿Qué fantasía escogería como premio, si llegara a ganar? Un extraño deseo me viene a la mente. ¿No insistió el doctor Forsten en que probara algo diferente? Sin embargo, no estoy segura de que él lo aprobara.

Por suerte, la supervisora no hace hoy su ronda. Lamentablemente, mis pobres cifras de rendimiento han quedado registradas y tarde o temprano me pedirá explicaciones.

El colectivo de regreso está atestado. La misma gente. Idénticos rostros impávidos. El eterno retorno me devuelve a un instante intemporal, atrapada para siempre en este vagón.

—¡Hola de nuevo, *Ana*! ¡No lo dudes más! ¡Gana el Fantástico Día Verimáster gracias a tu amor por *la música clásica*! Alcanzarás tu fantasía preferida ¡totalmente gratis! Una oportunidad única patrocinada por Verimáster…

—¡Vale! ¡Pero déjame en paz de una vez! —estallo, harta de la persecución.

Los pasajeros me miran con momentánea curiosidad antes de regresar al espectáculo de sus implantes.

* * *

He pasado la jornada nerviosa. La supervisora me ha recomendado una semana de descanso sin sueldo. Así que, mientras espero con ansiedad el comienzo del concurso, pienso en cómo pedirle un préstamo a Yen para cubrir mis gastos. ¿Por qué he aceptado participar en el estúpido programa? Sabía que me complicaría la vida para nada.

La fanfarria de inicio me estremece.

—¡Buenas noches a los espectadores de todo el mundo! Verimáster os da la bienvenida a Fantástico Día, el único concurso donde tus sueños más íntimos se hacen realidad.

Observo a Yen por el rabillo del ojo. Me ha prometido que no seguirá el canal, pero no tengo forma de verificar si cumple su palabra.

Hao Locus, el presentador, baila entre cubos ingrávidos que encierran fantasías de anteriores concursantes. Flotan llenos de rostros felices, familias unidas en paisajes idílicos, parejas abrazadas tras encontrar el amor eterno y cantantes aficionados que actúan en el Lunar Garden.

—¡Hoy nos acompaña alguien especial! —Locus me señala con su bastón repujado, como si fuera a atravesarme—. Señoras y señores, les presento a *Ana Evelin*, de la Isla Continental. Además de una valiosa contribuyente al bienestar común, Ana es experta en *música clásica*. ¿No es así, dulcísima?

—Una simple aficionada, señor Locus —responde mi garganta.

—¡Y de una modestia arrebatadora! —exclama él, con una pirueta que hace las delicias del público.

Tras torturarme con una retahíla de frases ingeniosas, Locus entra en materia.

—En esta prueba inicial, Ana escuchará varios segmentos de música y tendrá que adivinar a qué pieza corresponden.

La sangre palpita y fluye hacia mis oídos atentos. ¿Cuántos millones me observan en este instante? ¿Consiguen sus filtros eliminar el sudor nervioso y el rubor de mi cara?

Suena la primera obra. No podría ser más trivial. Es el conocido tema de la «Pequeña serenata nocturna» de Mozart. Tardo un segundo en identificarla. Locus me felicita.

Las siguientes piezas son también famosas. Las escucho con frecuencia en el canal de música. ¿Por qué lo ponen tan fácil? Pretenden que me confíe para luego eliminarme. Solo dudo ante una gimnopedia de Satie. Las tres se parecen bastante. Por suerte, acierto al decidirme por la número uno.

—¡Estupendo! —Locus hace otra cabriola—. ¡Ana ha superado la primera fase! Y ahora… ¡Volvemos enseguida con la segunda!

Es la única vez en mi vida que agradezco la pausa para la publicidad. Tomo aire y hago un gesto a Yen con el pulgar levantado. Me lo devuelve sin entusiasmo.

—¡*Más-que-real* es más que real! —vocifera una actriz—. ¡Llega la revolución de la Realidad y la realidad de la Revolución!

La música rimbombante se atenúa y Locus regresa con un primer plano de sus patentados ojos multicolores.

—¡Así es! —saluda con una floritura del bastón—. Verimáster le trae la revolución a casa. Haga por adelantado el pedido de un Más-que-real para tenerlo en su hogar en cuanto salga a la venta. Pero antes… ¡Veamos si la fortuna acompaña a nuestra sabiondísima amiga *Ana*!

21

Me envaro en el sillón, sintiendo de nuevo el escrutinio de millares de ojos. El escenario que rodea a Locus se oscurece al compás de una música inquietante.

—En esta ocasión, dulcísima audiencia, comenzaremos con la visita del Fantasma del Pasado.

Tras un movimiento del bastón, el espacio circundante se desgarra. Entre los jirones aparece un querubín volador. Sus manitas regordetas tañen el laúd mientras pregunta.

—¿A quién dirigió Beethoven la carta de amor encontrada tras su muerte?

No es, en realidad, una cuestión musical. Por fortuna, sé la respuesta.

—Beethoven se refiere a ella como su amada inmortal, pero se desconoce la identidad de la mujer.

—¡Correcto! —palmotea el querubín antes de esfumarse.

Le sigue el Fantasma del Presente, levitando en un tenebroso arrabal. Tiene aspecto de músico callejero con su multiórgano portátil.

—¿En qué estudio espacial se grabó la emisión neurosensorial de La Flauta Mágica que presenta en exclusiva nuestro canal Entretenimiento?

Mierda. He visto el anuncio de la obra sin prestarle atención. Odio las versiones aumentadas de las óperas clásicas. ¿Dónde la habrán producido? Recuerdo que en la publicidad repiten el preludio de Mozart una y otra vez, y al final mencionan el estudio. Un nombre inglés, compuesto, sin sentido…

—Solo diez segundos más —me recuerda el músico ambulante.

Algo sobre dinero… ¿*Money*? … Maldición. Voy a perder.

—¡Estudios Bloodmoney! —grito, con mi corazón a punto de estallar.

—De acuerdo, cachorrilla. ¡Es correcto! —contesta el fantasma callejero.

Locus hace un par de chistes antes de la pregunta final. Mi respiración se acelera. Yen me observa de reojo con preocupación.

—Estoy bien —le aseguro.

La fantasma rubia del Futuro llega en un elegante aerotaxi. Los huecos móviles de su vestido

23

dejan ver un cuerpo cimbreante. Locus tontea con ella, alargando la tensa espera.

Por fin, escucho la voz pegajosa de la fantasma.

—Pensando en los melómanos como tú, *Ana*, Verimáster ha desarrollado un nuevo módulo que permite a cualquier aficionado tocar su instrumento musical favorito con la fluidez de un virtuoso, y acompañar a la orquesta sinfónica de Nuevo Berlín en su gira mundial. ¿No es fantástico?

La audiencia aplaude a rabiar. Pero ¿dónde está mi última pregunta?

—Si eres capaz de ver el futuro, Ana, sabrás cómo va a llamarse este módulo musical.

¿Ver el futuro? No soy pitonisa.

—¿Lo adivinas? —La rubia me guiña un ojo—. Te daré una pista. Piensa en los nombres de los dos compositores que han sido mencionados en pruebas anteriores. ¿Qué es el futuro sino una extensión del pasado y el presente?

La primera pregunta se refería a Beethoven y la segunda, a *La flauta mágica* de Mozart. Beethoven y Mozart. El nombre tiene que ver con ellos.

Hay miles de posibilidades. ¿Ludwig Wolfgang? Impronunciable. ¿Amadeus van…? Absurdo.

—Una sola palabra, un nuevo verbo —sugiere la fantasma.

Esto no tiene sentido.

—Diez segundos, mi querida *Ana* —me advierte.

Debía haberlo supuesto. No regalan una fantasía así como así. Es prácticamente imposible ganar el premio, solo lo hacen por el espectáculo.

Entonces sucede. Seis letras refulgentes aparecen en mi campo de visión, tan claras como las líneas cosméticas en el rostro de la fantasma.

—¡Mozven! —leo.

La mujer del futuro desaparece con una sonrisa vaporosa.

—¡Por supuesto! —grita Locus, extasiado.

¿He ganado? ¿Cómo puede ser? Recuerdo haber visto algo… De alguna forma, mi mente supo la respuesta.

Yen me felicita con un abrazo. Así que estaba mirando el concurso a pesar de su promesa. Le hago una seña para que espere. El programa no ha terminado,

—Y ahora… —Locus agita los brazos como un poseído—. ¡El momento que estábamos esperando! Ana revelará su deseo más íntimo, la fantasía que se convertirá en realidad durante un día fabuloso, gracias a Verimáster. No nos hagas sufrir más, querida.

A pesar de que lo tenía pensado, me ahogo en un mar de indecisión.

—Vamos, no tengas miedo de confesar. Estás entre amigos —Locus insiste.

¿Qué daño puede hacer un deseo?

—Quiero ver al ermitaño que vive sin el véritas. Quiero hablar con él, sin filtros.

La cara de Locus se llena de asombro. Sé lo que responderá. Que mi deseo es una barbaridad, que no está permitido.

De repente, el presentador da una voltereta sobre los cubos ingrávidos.

—¡Glorioso! ¡Un viaje a *las Fuentes del Paraíso* en *Titán*, con todos los tratamientos incluidos! Qué callado lo tenía, Ana. No lo dude. Su fantasía se va a hacer realidad gracias a los canales personalizados de Verimáster. Por si esto fuera poco, le reservamos una sorpresa especial. ¡Una cena con su celebridad favorita! ¿No es fantabuloso?

El público brama de entusiasmo y mi campo de visión se llena de rostros embriagados de alegría, entre ellos uno idéntico al mío, una cara que llora con una emoción que no siento.

Desconecto cuando comienza la siguiente ráfaga publicitaria.

—Es estupendo. —Yen me besa—. No han dicho nada de un acompañante, pero intentaré ir a Titán contigo.

—Yo no pedí las Fuentes del Paraíso —confieso.

Le revelo mi verdadero deseo: hablar con el ermitaño.

—No sé por qué me he obsesionado con él. Siento la necesidad de algo auténtico, una experiencia que no venga de un simulcanal ni sea cribada por el véritas.

Yen me da la razón. Dice que estoy en mi derecho, que me apoya. Sus palabras me suenan tan falsas como todo lo demás. Seguro que el véritas las ha modificado para complacerme.

Nos interrumpe una llamada. Máxima prioridad. Es Hao Locus en persona, envuelto en una sonrisa nacarada.

El presentador se disculpa por haber tergiversado mi elección en el concurso. Según explica, las condiciones de participación incluyen una cláusula: las fantasías deben ser satisfechas mediante los módulos de Verimáster. Mi petición, al requerir la desconexión del véritas, contradice la mencionada cláusula. Por tanto, la producción del concurso se ha visto obligada a sustituir el deseo para la audiencia.

—Sin embargo, tras consultar con el departamento de comunicación de Verimáster, me complace decirte que, de acuerdo con el espíritu de generosidad y amplitud de miras de la compañía, se te concederá tu deseo original. Con una sola condición: no debes anunciarlo públicamente.

Locus me guiña un ojo con picardía. Esta vez siento genuina emoción.

—Entonces ¿podré ver al ermitaño?

—Tal y como deseas, querida.

* * *

Las aspas del helicóptero recortan el sol de la mañana al descender en el parque. Puede ser una proyección, pienso al principio, pero los chorros de aire cargados de polvo y las caras asombradas en las ventanas del vecindario me convencen de que el aparato existe.

Una fornida mujer me recibe junto a la aeronave. Su aspecto parece sacado de un videojuego de combate.

—Tenemos una hora de camino —anuncia.

El bramido de los rotores no propicia la charla, así que disfruto con el panorama, contemplando el bosque de coloridas viviendas separadas por las líneas del colectivo. Luego, a medida que el terreno se ondula, las áreas urbanizadas dan paso a la vegetación salvaje.

—Vamos a aterrizar. Compruebe que su arnés está colocado.

El helicóptero se sacude. Temo que nos estrellemos contra las rocas, pero en unos segundos el aparato se posa en una loma cubierta de arbustos resecos.

Las piernas me tiemblan al saltar. Sobre el suelo, compruebo que la ciudad queda muy lejos, apenas una mancha borrosa al fondo de la llanura. Nunca antes había pisado un terreno tan agreste.

La mujer de camuflaje me entrega una mochila.

—Tiene comida y agua. También encontrará una gorra para protegerse del sol. Yo volveré con el ocaso. Si necesita ayuda antes de ese momento, utilice el botón —señala un pulsador que cuelga de la mochila.

—¿Y el ermitaño?

—¿Ve aquel rectángulo verde, en la ladera? —apunta—. Tardará una media hora en llegar. Téngalo en cuenta para volver a tiempo. A la puesta del sol, recuerde.

No imaginaba que fuesen a dejarme sola tan lejos de la civilización.

—¿No me acompaña usted?

—Carezco de autorización —explica la fría mujer—. No se inquiete. El viejo es inofensivo. Por cierto, si de verdad quiere desconectar el véritas, no lo haga hasta pasar la cima. Deberá activarlo en el mismo punto antes de regresar. ¿Lo ha entendido? Está todo en el contrato.

Espero a que el helicóptero despegue y emprendo con cautela el camino, atravesando el suelo pedregoso de la colina. No puedo creer que me hayan dejado aquí sin protección. Qué lugar tan horrendo. ¿Cómo subsiste el ermitaño en medio de esta nada?

La llanura desaparece al traspasar la cima. Es momento de desactivar el véritas. Dudo por un instante. Me encontraré rodeada de una realidad sin filtros. He sido una estúpida. Debería haber aceptado el viaje a Titán. Ahora, en lugar de relajarme en las Fuentes, estoy abandonada en un desierto montañoso, temblando ante el horror de lo desconocido.

Formulo las palabras mágicas en silencio.

No siento ningún cambio. O quizás sí. Los tonos del paisaje están mejor definidos, la tierra más rojiza y fragmentada. La diferencia más clara la percibo con el olfato. Me asaltan olores profundos y extraños, a especias quemadas y excrementos secos de animales.

Mareada, me dejo caer sobre las rodillas. Mis manos tocan un polvo áspero y sucio. Lo peor es mi piel. Veo surcos y venas, nudillos deformes y vello oscuro. La manicura ambarina de mis uñas ha desaparecido. Es verdad. Los filtros se han desactivado.

Si tuviera un espejo… No sé si me atrevería a usarlo.

La cuesta se vuelve empinada. Trato de no resbalar. Más arriba encuentro un sendero que cruza los matojos. El viejo debe utilizarlo para bajar desde la casa, si es que sale de ella.

Tras varios minutos de penosa ascensión llego a una explanada junto a la que se levanta una construcción pintada de verde. Llamarla «casa» sería demasiado generoso. Es más bien un cobertizo precario, con paredes de roca pegada con argamasa y un techado de madera y ramas secas. Me da la impresión de que se derrumbará en cualquier momento.

—¿Señor ermitaño? ¿Está ahí? —pregunto a una prudente distancia.

* * *

Cansada de esperar respuesta, me acerco a la entrada. El interior, en tinieblas, despide un olor fétido a moho, madera podrida y aceite recalentado. Estos estímulos despiertan recuerdos olvidados de mi infancia: excursiones familiares al campo, campamentos de verano, carne asándose en la chimenea…

—¿Está usted ahí? —repito en el umbral maloliente.

—¡Aquí estoy!

El grito me hiela el corazón. Con el véritas inactivo, sé que no es una ilusión. La voz, rota por la edad, está detrás de mí, fuera de la chabola. Temo girarme.

—¿Quién es usted? —me pregunta la aparición.

Ya no tengo escapatoria. Me vuelvo hacia él.

El viejo se apoya en un palo terminado en una pieza metálica. De su brazo cuelga una rústica bolsa cargada con verduras sin procesar. Alzo la vista hacia su cara, pero tengo que apartarla inmediatamente. Los ojos hundidos, la nariz agigantada, las orejas peludas, la barba sin afeitar… Es demasiado.

—Buenos días —articulo, inspeccionando la chaqueta desvaída para disimular.

El viejo pasa a mi lado y entra en su cabaña. El hedor casi hace que pierda el sentido.

—Has venido a contemplar al bicho raro, ¿verdad? —Me enseña los dientes marrones.

Al oír cómo trastea en el interior, tengo el impulso de huir lo más lejos posible. Podría pasar el resto del día explorando la montaña, o llamar al helicóptero para que vuelva. Maldito doctor Forsten. En cuanto regrese, voy a cambiar de medbot.

El ermitaño emerge de las profundidades, frotándose las manos carcomidas. Esta vez no aparto a tiempo la vista, que se cruza con los ojos incrustados en la masa reseca de su cráneo.

—¿Vas a decirme cómo te llamas y qué es lo que quieres?

—Me llamo Ana Evelin. He… he ganado un concurso. Escogí venir a verle. Como premio.

—Pues vaya asco de concurso. En mis tiempos regalaban coches y viajes.

—Quería hablar con alguien, sin filtros de por medio.

El viejo me observa con compasión, como a un animalillo herido.

—¿Has apagado tu cacharro? —Se toca la sien—. Entonces, ¿por qué dices que te llamas Ana? ¿No te has visto, por dios? ¿No serás una de esas trans que se cortan la polla porque no saben qué hacer con ella?

¿Qué dice? No tengo otro remedio que observar mi cuerpo por primera vez. Palpo las piernas desgarbadas, el pecho plano, la barbilla peluda... Soy un hombre, físicamente. ¿Cómo he podido olvidarlo? En el mundo del véritas, el sexo y el género no importan. Cada uno escoge cómo quiere verse y cómo le perciben los demás. Pero aquí...

El ermitaño ha hecho que me avergüence. ¿Por qué decidí cambiar de sexo? No lo recuerdo. Siempre me he visto como una mujer y así he compartido mi vida con Yen. El viejo acaba de destruir esta ilusión.

Siento lágrimas en los ojos, un dolor insufrible. El maldito implante está desconectado y no llega su ayuda sedante. Una rabia que no creía posible crece dentro de mí.

—¿Y usted? ¿Por qué se esconde usted de la gente, viejo hediondo? Desde luego, no sabe lo que es la educación y la decencia. Seguro que tuvo que marcharse porque nadie le soportaba.

El anciano alza las cejas con interés. La disposición de sus arrugas cambia y los ojos nublados me miran con simpatía.

—Perdona, Ana. Tenía que cerciorarme de que habías desactivado realmente el véritas. Si los filtros estuvieran activos, mis insultos no te habrían ofendido. Ahora creo tus palabras. Te has arriesgado a afrontar la realidad. Eres una mujer valiente.

—No estoy segura de que me guste la realidad. —Seco mis lágrimas.

Las manos grandes y deformadas del viejo se abren hacia las montañas.

—Es lo que tenemos. Anda, descansa en el banco. —Señala un tronco cortado, a un lado de la explanada—. Yo voy a refrescarme y preparar unas hierbas. Te sentarán bien.

Al rato, el anciano ermitaño vuelve con un aspecto menos salvaje y un pote de infusión que coloca sobre el tronco. El olor de las hierbas esconde, en parte, el hedor del viejo. Bebo la tisana caliente y contemplo el paisaje rocoso. Me pregunto cómo consigue alimentarse en un entorno tan inhóspito. La bolsa de verduras apunta a un huerto cercano. ¿De dónde saca el agua?

—Ahora, en serio —me interpela—. ¿Por qué has abandonado la seguridad del véritas para charlar con un anciano loco? Supongo que no han encontrado a nadie más cualificado como espía.

—No soy una espía.

—Tal vez. Pero llevas un transmisor en la mochila.

¿Es cierto?

—Solo quiero algunas respuestas —expongo.

—Y has ascendido hasta el oráculo de la montaña en busca de sabiduría. —La risa hace que el anciano se atragante con la infusión—. A ver qué tal se me da el papel.

* * *

Entre sorbos, acompañado por el eco de los pájaros, el viejo relata una historia ausente de nuestro programa educativo. Comenta con nostalgia que era muy joven cuando aparecieron las primeras redes sociales. La comunicación se producía entonces a través de mensajes de texto, imágenes y vídeos, todo en pantallas físicas en lugar de los implantes intracraneales. Aun con estos medios limitados, la avalancha de información ya era tan grande que los primitivos canales tuvieron que recurrir a algoritmos de filtrado para priorizar los mensajes. Estos algoritmos aprendían lo que cada persona deseaba ver o prefería ocultar. Sin embargo, eran tan limitados que no evitaban discusiones interminables entre los usuarios, quienes en muchos casos se disgustaban y bloqueaban unos a otros.

El ermitaño se sirve un segundo vaso del pote y continúa la narración. Recuerda cuando llegaron las primeras demandas. Los abogados aprendieron a sacar dinero denunciando a los canales que permitían contenido ofensivo. Como consecuencia, las películas, canciones y libros antiguos tuvieron que filtrarse manualmente para volverlos compatibles con restricciones cada vez más complejas, mientras las redes trabajaban en adaptar su contenido a las cambiantes normas culturales de cada país y a las sensibilidades individuales. Algunos rebeldes clamaron contra la manipulación, pero finalmente prevaleció el derecho de cada individuo a decidir la información que quería recibir y también a protegerse de las posibles demandas que generaran sus publicaciones.

—¿Cómo apareció el véritas? ¿Es cierto que lo creó la misma Ventres Agharda?

—La teoría llega después de la práctica, muchacha. Los implantes neuronales comenzaron a desarrollarse con propósitos médicos. Aliviaban estados de ansiedad, fobias paralizantes, epilepsias, incluso ataques psicóticos. Sus IAs aprendieron a detectar estímulos problemáticos en cada cerebro y a contrarrestarlos antes de que alcanzaran la consciencia.

El viejo se toma otra pausa para mirar hacia las montañas, como si los riscos guardasen la memoria de tiempos antiguos. Por mi parte, saco la gorra de la bolsa y me protejo del sol que brilla ahora con fuerza.

—Y Agharda, ¿cómo creó Verimáster? —insisto al anciano.

—Siempre fue avispada para los negocios. Compró una compañía que fabricaba implantes médicos y decidió ampliar su nicho de mercado. Prometió felicidad sintética a todo aquel que comprara los módulos. Los jóvenes, hastiados de una realidad injusta y aburrida, los adoptaron en masa. Pronto, todos quisieron la seguridad mental que proporcionaban. Los políticos se vieron presionados para que el paquete básico fuera gratuito, y Agharda se comprometió a proporcionarlo sin coste. Fue entonces cuando cambió el nombre a Verimáster y se hizo billonaria con las suscripciones.

—¿Usted no quiso probarlo?

—Jamás. Como neurólogo, me opuse desde el principio al uso recreativo de los implantes. Estaba en minoría. El dinero acalló las voces críticas. La mayoría de los investigadores fueron absorbidos por la industria y el véritas se asumió como una necesidad básica.

—Pero es una mentira —protesto—. No nos hace felices. Mi cabeza está cada día más confusa.

Me siento insatisfecha con mi vida, y lo único que me dice el doctor Forsten es que pruebe nuevas suscripciones.

Nunca me había atrevido a expresarme con tanta rotundidad.

—El véritas es como el alcohol —afirma el anciano, frotándose los ojos empañados.

—¿Alcohol? ¿El desinfectante?

—Antes del véritas, las bebidas con alcohol se utilizaban como una droga para desinhibirse, olvidar las penas, evadir los traumas… No solucionaban nada. El problema de base seguía dentro de tu cabeza. Sucede igual con el véritas. Sus filtros eliminan las experiencias ofensivas, pero no el efecto que han producido. El malestar sigue alojado en tu cerebro, solo olvidas qué lo causó. Esa discrepancia genera fatiga mental y una disonancia emocional que…

—¿El véritas borra la memoria? —le interrumpo—. Pensaba que se limitaba a filtrar los estímulos sensoriales.

—Así es como lo venden. Nadie compraría algo que te hace olvidar. Lo cierto es que al implante le resulta imposible decidir por adelantado qué te va a molestar. El véritas es reactivo, no preventivo. Cuando detecta sentimientos desagradables o dolorosos en tu cerebro, elimina de la memoria reciente la experiencia que los produjo y la sustituye por un recuerdo sintético. Recrea la realidad.

Me estremezco. Una bocanada de viento helado azota mi rostro. No experimentaba el frío desde hace mucho tiempo. ¿Es posible que el anciano tenga razón? Tal vez detrás de mi sensación de malestar e inferioridad haya comentarios degradantes de mi supervisora y mis compañeros, críticas de Yen a mi falta de ambición, insultos de los viandantes, comidas asquerosas en la cantina, enfermedades cuyos síntomas oculta el implante… El véritas retira los recuerdos de mi consciencia, pero no elimina la angustia y el desasosiego que generan.

Verimáster controla mi mente. Estoy segura de que me facilitaron información para ganar el concurso y luego hicieron que la olvidara. No son buenas noticias. Si la empresa escucha mi conversación con el ermitaño, no permitirán que la recuerde por mucho tiempo.

Miedo. Otra sensación que ya no es suprimida por los filtros.

* * *

El ermitaño me muestra con orgullo su huerto, varias terrazas en la vertiente más soleada de la ladera. Dispone también de un corral donde cría pollos y conejos alimentados con el grano de los cultivos. De regreso a la cabaña, una de sus aves termina en la olla, acompañada por las verduras que recogió a primera hora. Evito observar el proceso.

Al terminar la comida, una fuente de sabores exóticos, invito al viejo a dar un paseo. Me siento maravillosamente. Ha desaparecido la niebla que emborronaba mi mente cada día y las ruedecillas giran a toda velocidad, lubricadas por la certeza.

—Tenemos que luchar contra el véritas —le imploro al anciano—. La gente debe darse cuenta de que nos ha atrapado en una pesadilla.

El viejo no secunda mi fervor justiciero.

—Muchacho… Perdón, Ana… Llevo décadas rebelándome y no he llegado a ninguna parte. Tú eres todavía joven. No debes malgastar tu vida de la misma forma. La humanidad se ha aventurado por una senda peligrosa, pero quizás no es más que la normal continuación de una evolución que nos ha alejado progresivamente de la naturaleza, desde que aprendimos a superar las limitaciones de nuestros cerebros individuales a través de las narraciones orales, los libros, los ordenadores, las redes… Desde el principio, la cultura nos sumergió en un mundo virtual. Tú y yo somos solo unos inadaptados que añoran lo que nunca volverá.

—Pero usted ha demostrado aquí que es posible una forma de vivir más auténtica —contesto con furia—. La locura del véritas continúa porque la gente no sabe la verdad. Si fueran conscientes de cómo nos manipula…

—Nunca ha existido la verdad sin filtros. —El viejo sonríe con amargura—. Y nunca existirá. La gente no quiere la verdad, quiere la comodidad.

El paseo concluye en un melancólico silencio. El sol está descendiendo y ha llegado el momento de despedirme.

Agradezco al viejo la comida y sus reveladoras historias.

—No cometas ninguna locura —responde.

Extrañamente, me guiña un ojo. Hasta este momento no me había atrevido a rozarle. Ahora, al estrechar la mano que tiende, siento su piel encallecida. Y algo más. Un papel cuidadosamente doblado.

El ermitaño coloca el dedo índice sobre sus labios mustios.

* * *

Desciendo por el sendero con mis rodillas doloridas por la pendiente. Unos pasos más y llegaré a la loma. Allí debo conectar de nuevo el véritas. Si lo que dijo el ermitaño es cierto, es probable que, al hacerlo, los tentáculos del implante borren mi memoria. Las turbias revelaciones del anciano serán sustituidas por una conferencia sobre horticultura y cocina natural, y la verdad quedará sepultada de nuevo en la bruma de mi mente.

Me niego a aceptarlo. Quizás sea una inadaptada, pero quiero llegar hasta el final.

Desde la cima, escucho el rumor de motores que se acercan. El valle se extiende a lo lejos, descolorido bajo los anaranjados rayos de sol. Me pregunto si la ciudad sigue allí, si es real. Aunque la brisa sopla desde la llanura, el aire frío no me molesta. Es tranquilizador saber que mi velo de confort ha desaparecido.

El helicóptero aterriza con gran estruendo. Una figura salta sobre la hierba. Es un robot humanoide. Las facciones de su rostro plástico están tapizadas de puntos brillantes. Contengo mi asombro. No debo delatarme. Tengo que simular que el véritas sigue activado.

Trato de sonreír al androide.

—¿Algún problema con el viejo? —dice la boca rígida.

La voz es idéntica a la mujer uniformada que me trajo… Demonios. Es ella.

—Ningún problema —respondo con dificultad—, aparte del olor y el polvo.

Los asientos de la cabina no han cambiado, pero las paredes son ahora paneles transparentes.

Cada esquina de la carlinga está marcada por los mismos puntos brillantes que el rostro del robot, como luciérnagas de verde fosforescente.

La claridad del cielo se extingue cuando llegamos a la ciudad. Por debajo del manto púrpura de la atmósfera centellea el alumbrado de los edificios. Para mi sorpresa, la omnipresente matriz de puntos verdes se extiende por las calles, en las cornisas, en las farolas... Intento reconocer las plazas, las avenidas, determinar el barrio que sobrevolamos, pero el helicóptero se eleva bruscamente hacia una gran pirámide, larga y estriada, que refleja los últimos trazos del crepúsculo.

Hay algo singular en el enorme edificio. No tiene las marcas verdes. ¿De dónde ha salido? Estoy segura de no haber visto jamás esta torre gigantesca.

El helicóptero aterriza en una plataforma lateral cercana a la cúspide. El robot de voz femenina salta conmigo y me acompaña con insistencia hacia una puerta acristalada. No me molesto en preguntar dónde me lleva.

* * *

Las oficinas son austeras, grises, también punteadas de verde. Un ejército de operadores humanos trabaja en silencio tras las mesas de los cubículos. Me pregunto si será este el verdadero aspecto de mi empresa; una extensión de puestos indistinguibles.

Pasamos junto a un mostrador. Sobre la cabeza de la recepcionista, que ignora mi presencia y la del robot, luce el logotipo de Verimáster.

Al final del corredor, el androide abre una doble puerta y me hace pasar a un despacho exquisitamente decorado. El mobiliario repujado en oro y las exóticas plantas son auténticas. El robot desaparece. No me ha dejado sola en el salón. Una pequeña figura se mueve junto a los amplios ventanales.

La mujer es diminuta, como una niña, pero exuda la autoridad y confianza de quien se sabe por encima de los mortales. Reconozco el rostro con facilidad. Me hallo frente a Ventres Agharda, la creadora del véritas y dueña de la empresa que lo comercializa.

Su aspecto es tan intemporal en persona como en sus escasas apariciones públicas. Sin embargo, la debilidad de la voz delata su verdadera edad.

—Bienvenida, señorita Evelin. ¿Te ha resultado satisfactorio el premio? —pregunta, sin apartar la vista del panorama nocturno.

¿Cómo responder a la persona más poderosa del planeta?

—Ha sido una experiencia inolvidable. Muchas gracias.

Sin previo aviso, los ojos perfectamente redondos me traspasan.

—¿Te ha resultado difícil soportar las sensaciones, sin ayuda de los filtros?

Aunque el tono es amable, su mirada me inquieta.

—Al principio, sí. Algunos estímulos eran molestos, pero me acostumbré —respondo de forma un tanto atropellada.

—Magnífico. Entonces la prueba ha sido un éxito —Agharda asiente, sin asomo de alegría—. Y te gustó tanto que no volviste a activar el véritas.

49

Sus palabras me hacen temblar. Ningún filtro va a protegerme de sus acusaciones y de un severo castigo. He sido una ingenua pensando que me libraría de conectar el implante.

—Es cierto —lo reconozco—. No quiero volver a mi vida anterior, falseada y artificial. Tengo derecho a recordar la verdad sin que mis recuerdos desaparezcan, a comprender por qué ustedes han fabricado una realidad ilusoria. Quiero despertar a la gente.

Agharda asiente y sonríe. Cree que soy una estúpida.

—Es maravilloso, ¿verdad? Toda esa certeza, el sentimiento de claridad y de superioridad moral. Un éxito absoluto.

—Ya entiendo. Usted también ve la realidad. —Señalo las luces de la ciudad tras los ventanales.

—Tú no has visto la realidad, muchacha, si es que tal cosa existe. Creíste haber desconectado el véritas con tus palabras mágicas, pero solo activaste un nuevo módulo que instalamos con la excusa del premio, un módulo con los filtros que deseábamos probar.

—¡No es cierto! ¡Mis filtros se apagaron! Me vi… Vi mi verdadero cuerpo. Escuché los horribles insultos del ermitaño y la historia de Verimáster. Los filtros no me habrían permitido…

—¡Qué tontería! —interrumpe Agharda sin piedad—. Los filtros muestran lo que cada una de nosotras desea ver. Si las tonterías del ermitaño fueran ciertas, ¿por qué te habríamos llevado hasta él, poniendo en peligro nuestros secretos?

—Entonces me utilizaron como anzuelo, para que el viejo revelara lo que sabía. Cayó en la trampa.

—No seas dramática y escucha con atención. Lo que has visto, oído y sentido durante el día de hoy forma parte de un nuevo concepto de entretenimiento, un filtro capaz de sumergir al cliente en una realidad radicalmente diferente. ¿Te gusta el nombre? *Más-que-real*. A pesar de lo que afirma la IA de marketing, no me convence. Quizás lo cambie antes del lanzamiento final. Como tú has podido comprobar, va a ser una bomba, nuestro producto estrella.

—No entiendo de qué habla.

—Fascinante. No lo comprendes a pesar de vivirlo en primera persona. No te das cuenta de que hemos cambiado las reglas de tu realidad. Ahora ves el mundo bajo el prisma de la conspiranoia. El Más-que-real te hace creer que has descubierto la verdad oculta tras las bambalinas, que vislumbras por fin el mundo al desnudo y percibes las sensaciones, olores y emociones que habías olvidado. Además, la opción multijugador permite que te integres en una fraternidad de creyentes con los que compartir teorías, códigos y mensajes secretos. Se trata de un producto absolutamente rompedor. Gracias a él, los usuarios encuentran un propósito que los estimula: luchar contra el dominio de las élites. Se convierten en activistas de causas imposibles y pugnan, desde su inofensiva clandestinidad, por despertar a los durmientes y llevarlos a la luz.

Intenta enredarme. Quiere cubrir una mentira con otra. Lo que he vivido ha sido cierto.

—Resultaste ser el sujeto perfecto para esta prueba —continúa Agharda, delirante—, una doña nadie insatisfecha con su identidad, con su vida, con sus suscripciones, buscando respuestas a preguntas desconocidas.

—Verimáster me hizo ganar el concurso.

—Por supuesto. Eras nuestro conejillo de indias. Deberías haber leído la letra pequeña. Tu deseo se ha satisfecho con un módulo de Verimáster. Está en el contrato.

Agharda pretende convencerme de que el encuentro con el ermitaño ha sido amañado, un simple entretenimiento, pero nunca he comprendido las cosas con tanta claridad. La niebla que ofuscaba mi mente desapareció en el instante en que desconecté el véritas. Ningún filtro puede simular eso.

Mi nueva lucidez me previene. Debo evitar enfrentarme con Ventres Agharda y jugar con cautela mis cartas, averiguar por qué me ha traído a su lujoso despacho, a una doña nadie. Si lo que pretende es que ignore las revelaciones del ermitaño, podría borrar mi mente de un plumazo.

Pongo en marcha mi propia pantomima. Comienzo con unos tímidos sollozos. Luego, pensando cómo hemos sido engañados durante años, cómo el véritas ha destruido las más íntimas impresiones de nuestra consciencia, consigo verter verdaderas lágrimas de rabia.

Al ver que mis piernas se tambalean, Agharda me ofrece una silla.

—Es todo tan confuso —me lamento.

—Siempre lo ha sido, querida. He vivido unos cuantos años —coquetea con su pelo imposiblemente liso— y sé lo que me digo. Nunca estaremos seguros de la verdad. Es más, nunca hemos querido conocerla. Preferimos imaginarla y moldearla a nuestro antojo. Es hora de que lo aceptemos y nos demos permiso para inventar un mundo que nos satisfaga. Es lo que siempre hemos deseado.

La fría empresaria se ha vuelto más cálida y conciliadora. Mi teatro va por buen camino. Quizás consiga salir intacta del gris laberinto de sus oficinas.

—Entonces, ¿esto tampoco es real, este edificio, usted?

Los labios de Agharda se curvan como los de una enigmática Gioconda.

—No pensarías que había pintado el mundo entero de puntos verdes. —Sonríe maternalmente—. En cuanto a mí... —se inclina hacia mi oído—, mis clones virtuales me libran de tareas ingratas. Lo cierto, Ana querida, es que nadie sobreviviría hoy en día sin el implante, sin la protección ante un mundo hostil, sin la ayuda del doctor Forsten. Los estímulos desagradables que has experimentado, tu apariencia de hombre —frunce sus cejas con desdén—, el tufo del campo, los insultos del viejo, todos son fruslerías en comparación con lo que sentirías sin el filtro. No soportarías a la verdadera Yen, a la verdadera Ana, la violencia y las enfermedades que ocultamos a la sociedad.

—¿Para qué sirve entonces el Más-que-real? Lo único que hará es confundir más a la gente. No sabrán qué es verdad.

Agharda se recuesta en su escritorio de madera noble. La fría empresaria ha regresado.

—Pensaba regalarte una suscripción perpetua por las molestias. Pero si quieres desconectarlo y volver a tu vida anterior, eres muy libre de hacerlo. El cliente siempre tiene razón. Si escoges la vuelta atrás, solo debes repetir las palabras mágicas.

—Antes leeré la letra pequeña —afirmo sin convicción.

* * *

Mientras el androide me escolta hacia la salida, repaso mis recuerdos del ermitaño: el olor de su infusión de hierbas, el tacto de la piel agrietada, el misterioso guiño en la despedida. ¿Cómo puedo estar segura de que lo he vivido, de que mi memoria no ha sido ya manipulada?

El papel doblado que me entregó el anciano. Está en el fondo de mi bolsillo. Lo toco. Es real. Apuesto a que contiene garabatos escritos por el viejo, pistas para encontrar a otros iniciados con los que compartir el extraordinario secreto.

Me siento más viva que nunca, sin miedo a pesar de los grandes peligros a los que debo enfrentarme.

Más que real
de SALVADOR BAYARRI
terminó de imprimirse el día
3 de febrero del año 2024.